Nado Livre

Lili Reinhart

Nado Livre

Swimming Lessons

Tradução: Ana Guadalupe

com ilustrações de
Curt Montgomery

Alt

Copyright © 2020 by Lili Reinhart
Copyright da tradução © 2020 by Editora Globo S.A.

Todos os direitos reservados. Nenhuma parte desta edição pode ser utilizada ou reproduzida — em qualquer meio ou forma, seja mecânico ou eletrônico, fotocópia, gravação etc. — nem apropriada ou estocada em sistema de banco de dados sem a expressa autorização da editora.

Título original: Swimming Lessons

Editora responsável *Veronica Gonzalez*
Assistente editorial *Lara Berruezo*
Diagramação *Renata Zucchini*
Projeto gráfico original *St. Martin's Publishing Group*
Ilustrações de capa e miolo *Curt Montgomery*
Lettering da capa original *Jonathan Bush*
Capa *Renata Zucchini*

Texto fixado conforme as regras do Acordo Ortográfico da Língua Portuguesa (Decreto Legislativo nº 54, de 1995)

CIP-BRASIL. CATALOGAÇÃO NA PUBLICAÇÃO
SINDICATO NACIONAL DOS EDITORES DE LIVROS, RJ

R291n

    Reinhart, Lili, 1996-
      Nado livre : swimming lessons / Lili Reinhart ; ilustração Curt Montgomery ; tradução Ana Guadalupe. — 1. ed. — Rio de Janeiro : Globo Alt 2020.
      il. ; 21 cm.

    Tradução de : Swimming lessons
    ISBN 978-65-88131-04-6

    1. Poesia americana. I. Montgomery, Curt. II. Guadalupe, Ana. III. Título.

20-65846   CDD: 811
                                   CDU: 82-1(73)

Camila Donis Hartmann — Bibliotecária — CRB-7/6472

1ª edição, 2020

Direitos de edição em língua portuguesa para o Brasil adquiridos por Editora Globo S.A.
R. Marquês de Pombal, 25
20.230-240 — Rio de Janeiro — RJ — Brasil
www.globolivros.com.br

Para a minha avó, que sempre amou minha voz.

Introdução

Acredito que lemos poesia para nos relacionar com o mundo.

Vemos nossa vida nas palavras dos poetas quando não conseguimos nos expressar com nossas próprias.

Comecei a ler poesia para me sentir melhor durante crises de depressão. Descobrir poemas que expressavam exatamente o que eu pensava se tornou um alento em períodos em que eu me sentia muito incompreendida.

Não é fácil imaginar que alguém que não conhecemos de fato sinta as mesmas coisas que sentimos, com a mesma profundidade. É aí que reside a beleza e a surpresa da poesia.

Basta perceber que alguém entende nossos sentimentos, e de repente deixamos de estar sós.

Decidi, há pouco mais de um ano, compartilhar minha própria coletânea na esperança de que meus poemas façam bem a quem estiver precisando de apoio.

A inspiração para esses poemas veio tanto de experiências pessoais quanto de experiências alheias. Quando inventamos histórias, exploramos e experimentamos emoções, e a criação de alguns desses textos partiu da simples empatia pelas pessoas que me rodeiam.

Levamos vidas completamente diferentes umas das outras, mas todos somos capazes de nos identificar com sentimentos primordiais como a felicidade e a tristeza.

Espero que você que me lê também se veja nas minhas palavras.

Nado Livre

Não sei escrever
palavras perfeitas
nem fazer com que fluam
como deveriam.

Elas não soam
exatamente profundas.

Não sei pintar
lindas imagens
nem misturar as cores
como outros artistas fazem.

Minhas aquarelas não
se diluem lindamente.

Mas sei dizer que te amo
em quantas línguas
você quiser.

Sei ser fluente
em te amar.

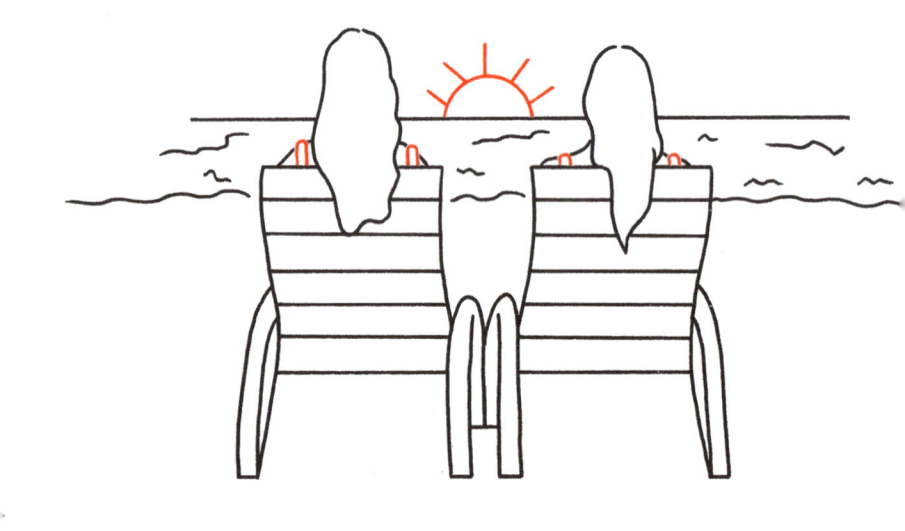

Fazia tempo que eu não tinha
um momento para sentir sua falta
e para chorar.

Essa brisa morna de verão
na minha varanda me faz
pensar em Cape Cod
e nas suas roupas de banho floridas.

Em como você nunca usava protetor solar
mas sempre falava para a gente usar.

Mesmo nesta cidade barulhenta,
há momentos silenciosos em que sua alma
se faz presente.

E sinto que você está de novo
ao meu lado na praia.

Então vou esperar o sol baixar
antes de voltar lá para dentro.

Por ora, podemos ficar aqui
ouvindo o mar.

"Eu te amo, meu bem" foram as últimas palavras que você me disse.

E apesar de não ter uma gravação dessas palavras,

e apesar de ter esquecido de salvar seus recados,

nunca vou me esquecer do som da sua voz.

Vejo você em cada flor e em cada colibri
que aparece por aqui.

Gosto de pensar que é seu espírito que veio dizer oi.

Você está sempre à minha volta.

Eu sinto sua falta.

E também te amo.

É assim que sei
que te amo tanto.

Sempre que vejo algo
lindo, quero
que você também o veja.

Pelo jeito eu sou seu
novo livro de cabeceira.

Aquele que não te deixa
pegar no sono,

de tanto virar minhas páginas.

Dedos se demorando
em mim pra você
não se perder.

era de se esperar que
o barulho dessa praia
fosse quase um *déjà-vu*,

mas não é.

talvez por ser um
mar diferente daquele
que visitávamos.

talvez por ser novembro

e porque só conheço o Atlântico
no verão.

Ouço tudo um pouco diferente
hoje em dia.

as ondas soam mais
solitárias do que tranquilas.

gosto de pensar que
se você estivesse aqui,
a luz do sol
através da neblina
brilharia mais do que
agora brilha.

Me pego sentindo sua falta
antes mesmo de você ir embora,

sabendo que existe um espaço
sem você do meu lado.

Um *algum lugar* em que espero nunca
ficar muito confortável.

Minha Delilah.

eu me lembro dela na nossa varanda,

de como fechava os olhos no sol
enquanto eu a abraçava forte.

Consigo ouvir os mensageiros do vento
numa tarde de verão.

Eu vivia agarrada a ela, tentando
aproveitar nossos momentos de descanso.

ela sabia que eu a amava, sem nunca
ouvir minhas palavras

e me amava igualzinho.

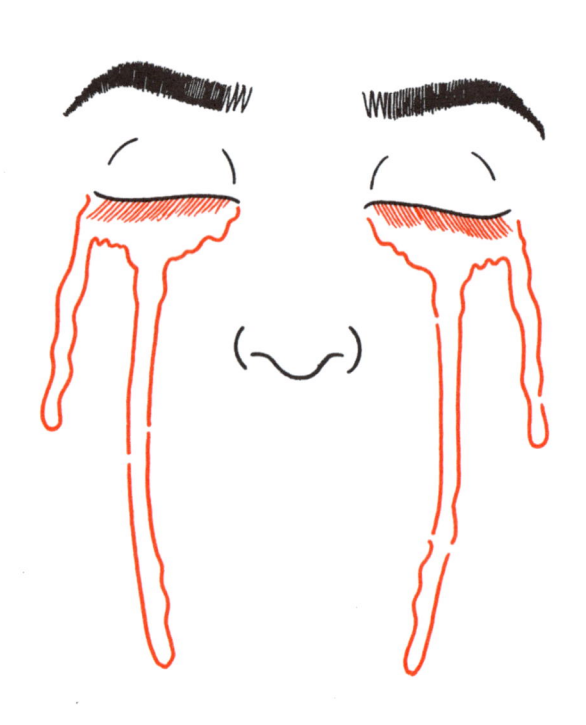

3h24

Só se sente a delicadeza de um piscar de olhos no momento que as lágrimas secam.

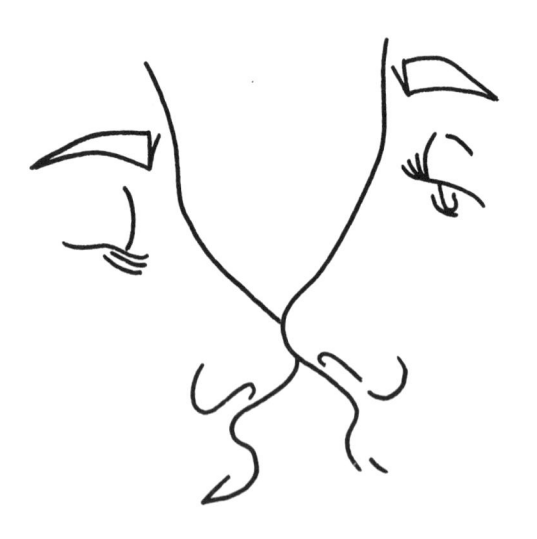

Julho.

Ainda vejo as
borbulhas na água
e sinto o sol em
metade do meu rosto.

Às vezes abro os
olhos enquanto nos beijamos

para ver se você se perdeu
em mim como eu me perdi em você.

Eu quero você
em todos os tons
em que vier.

Tudo o que é bom

e tudo o que é ruim.

As lembranças
que estas paredes guardam,

eu queria que
elas falassem.

Assim eu poderia reviver
você encostando em mim.

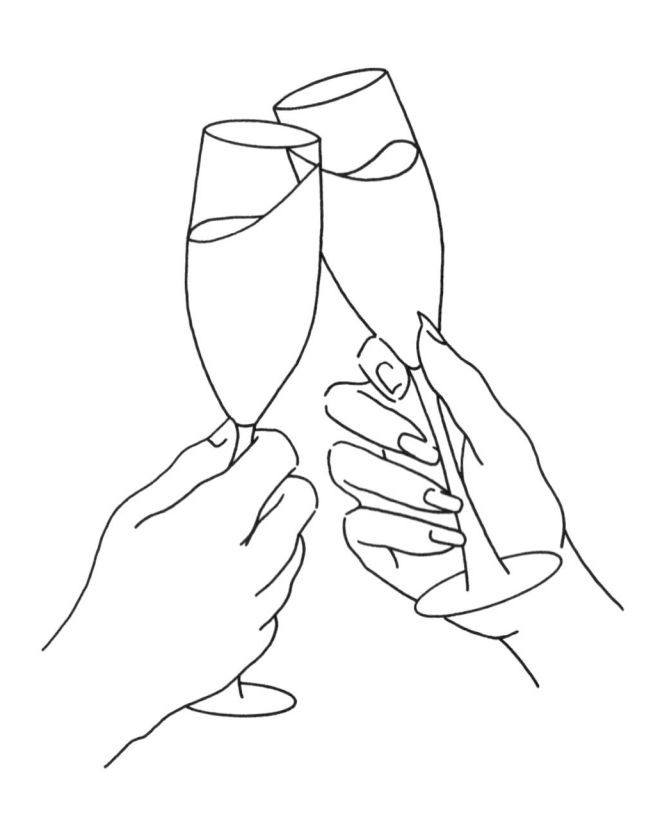

EMBRIAGUEZ

Sempre insisto
em fazer um brinde
antes de encostarmos
nossos copos.

É o meu jeito
de conseguir dizer
que te amo.

Uma declaração do meu amor
disfarçada de álcool.

Saúde.

Você apontou para o
Grande Carro
na sacada
perto do fim do verão.

Mas vou me permitir esquecer
só para você me mostrar de novo.

Me fale mais
sobre as estrelas,
meu amor.

Deixe que eu me perca
nas suas constelações.

Você me deixa deitar
no seu lençol limpo e me enrolar
no seu edredom úmido.

A máquina de lavar girando
misturada com o barulho
do seu videogame.

Um dia corriqueiro,
um momento corriqueiro,

voltando de carro do trabalho,

com um céu de poente amarelo
e as janelas
bem abertas.

Eu disse a mim mesma

que nunca ia deixar que você fosse
meu grande amor que se perdeu.

parece que este é o nosso inverno,

então eu resolvo tentar
fazer um anjo de neve
na fumaça do seu cigarro.

ele deixou a caneta de lado
após alguns minutos de silêncio.

e não havia nenhuma anotação
no canto da página,
onde a mão dele
estivera apoiada.

a tinta estava seca.

não havia nada.

nada mais.

Se você oferecer amor e projetar
o que sente no mundo,

receberá tudo em troca.

Talvez não seja na mesma hora,

mas cedo ou tarde vai acontecer.

Eu sou a prova viva.

Eu continuei amando.
Eu não desisti.

E enfim recebi.

Não desista daquilo
que seu coração te diz.

Não ignore os pensamentos
que te tiram o sono.

Como é possível

que na hora que seu
fôlego encontra o meu

meus pulmões fiquem tão limpos

que parece que eu vinha sufocando
em silêncio.

Espero que você olhe para mim
como olha para o céu.

Em pé,

sem ar,

admirando minhas cores.

Hoje meu coração está pesado,

mas não de mágoa.

Ele parece cheio

ou inchado.

Parece que descobri um novo
compartimento aqui dentro

com muito espaço a ser preenchido.

E eu o preencho,

tão fácil,

com você.

Sinto você

acoplado a uma parte
de mim que só vai
continuar crescendo

à medida que eu cresço.

Você está entalhado em mim,

e se acomoda com folga
nos meus espaços vazios.

É mais fácil para mim falar em *para sempre*
do que para você.

Você é um homem do presente,

com quem eu vejo uma vida
imensa e incrível.

Uma parte de mim não resiste e sonha
com os anos que temos pela frente,

por conta desse amor

que sinto por você hoje.

Não vejo a hora de continuar te amando

e criando mais momentos de alegria.

Meu futuro é lindo

porque vejo a felicidade que
para mim é inevitável

com você ao meu lado.

Eu queria ter te beijado ainda mais
quando saí hoje de manhã.

como pode ser amor

se não há pavor
da perda?

Você tem a capacidade
de me machucar mais do
que qualquer pessoa no mundo.

Eu sei

porque eu já
senti.

E meu lado vingativo quer
machucar você

antes que você possa
me machucar de novo.

Eu sempre acabo chorando
nos cafés do bairro.

O que já foi belo

agora é um dia melancólico.

Ir para casa com o
banco do passageiro vazio,

um lembrete doloroso de que
você me deixou.

Você disse que eu nunca tinha vivido
um coração partido como você
viveu.

Que quando me acontecesse
eu mudaria.

Só então eu
entenderia por que você
era como era.

Eu entendo agora.

Só que
nenhum de nós sabia
que seria com você.

O coração partido que
me mudou

para sempre.

Quando você disse que eu
tinha ganhado seu coração,

eu não imaginei que ia
ter que compartilhar seu
corpo com mais alguém.

Você era meu
e, ao mesmo tempo,
era de todo mundo.

Não preciso ouvir
"eu te amo" todo dia

nem acordar toda manhã
ao seu lado.

Só me diz que você
vê meu rosto quando
olha o sol nascer

e eu saberei.

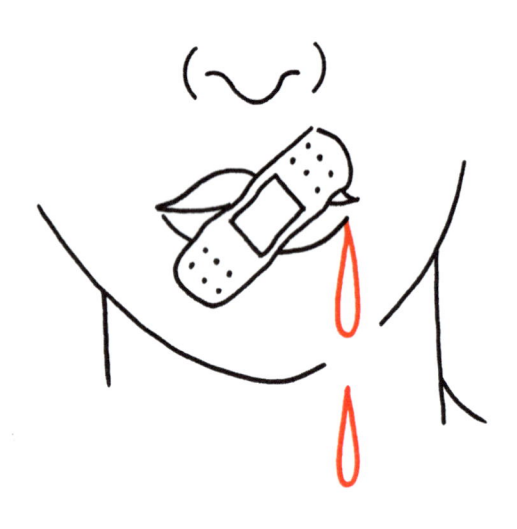

pedidos de desculpas são um
band-aid.

a ferida continua ali
embaixo.

ainda dói,
só parece mais limpa
por fora.

se eu pedisse desculpas...
você encontraria a cura?
ou seria só uma forma de
esconder a feiura
da verdade?

a mágoa continua.

meu "desculpa" nunca vai
curar da maneira que
você gostaria.

então você bem que poderia
aprender a se curar por conta própria...

sem esperar que
outra pessoa o faça.

E mais uma vez

o ar de repente me falta.

Meu fôlego some.

Como no sonho que tive
com você um dia desses.

Que agora vejo que era um pesadelo.

Um aviso.

Aquela pontada rápida e aguda que
faz meu estômago virar do avesso.

E cada merda de passo que ouço
na porta deixa meu coração
mais apertado.

Porque sei que não é você,

voltando para casa e para mim.

você diz que esse amor
é diferente agora.

e como não seria?

você me partiu ao meio.

e eu nunca vou ser inteira
como eu era antes.

Vivo tentando me lembrar que não estamos
sentindo a mesma coisa.
Você mesmo disse:
eu estou mais envolvida que você.
Você não está vivendo essa
rejeição.

Sentado com uma perna cruzada
sobra a outra, fumando cigarros
e olhando para longe quando assopra,
prestando atenção em outra coisa.

Estou a quilômetros de você, pelo visto.

Memorizando o caracol de fumaça
que escapa da sua boca.

Sentindo a sua perda,
a dor no peito quando você
esquece que estou aqui.

E é isso que mais machuca.

Sentir que estou tão sozinha.

Rejeição mútua seria
a única opção que me consolaria,
mas você não me daria essa honra.

Deixo minha mente se perder

e crio cenas entrecortadas
na minha cabeça.

Visões em que ela te acaricia

e ronrona na sua nuca.

Minha imagem atravessa
sua mente por um só
instante, mas você deixa para lá
e resolve aproveitar.

Quase babando com a
chance de se autossabotar.

Eu sou a guerreira.
Aquela que não desiste
e nunca escolhe
a saída fácil.

Cedo ou tarde,
alguém acaba
abrindo caminho
para a destruição.

Mas saiba
que nunca
serei eu.

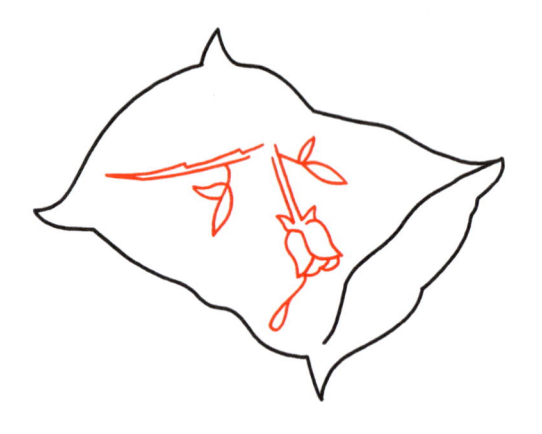

Na sobriedade e na solidão
seu pensamento sempre voltará a mim.

Quando o travesseiro ao seu lado
estiver vazio

e você tiver exaurido todas as
suas distrações.

Mas pode continuar andando.

Me ignora.

Eu te desafio.

Desse jeito,

cedo ou tarde,

quando vir que eu estava certa,

você vai sentir uma fisgada
no seu ombro,

bem onde eu estava.

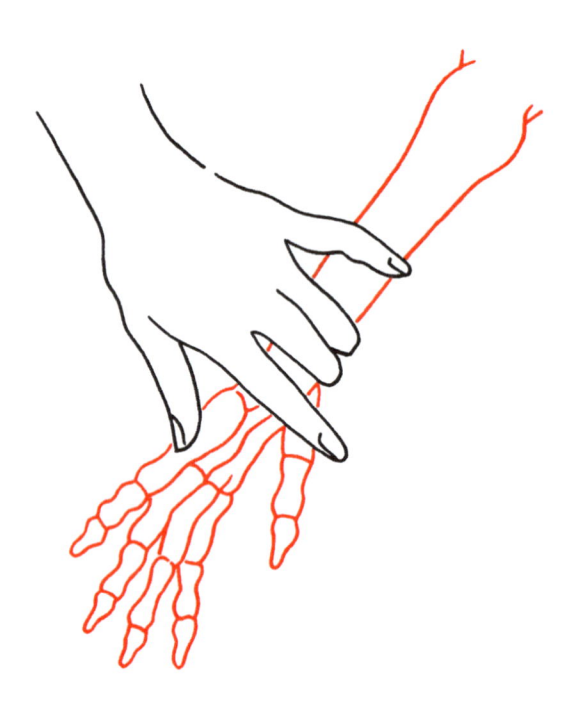

No começo

eu sempre sentia que
meu amor por você era

uma inconveniência
no seu mundo.

Mas talvez

a única inconveniência real

tenha sido minha insistência

para que houvesse um sentimento

para o qual você não estava pronto.

Acho que você pode
acabar sendo o meu fim.

E é como se eu corresse
a toda velocidade
em direção ao meu túmulo.

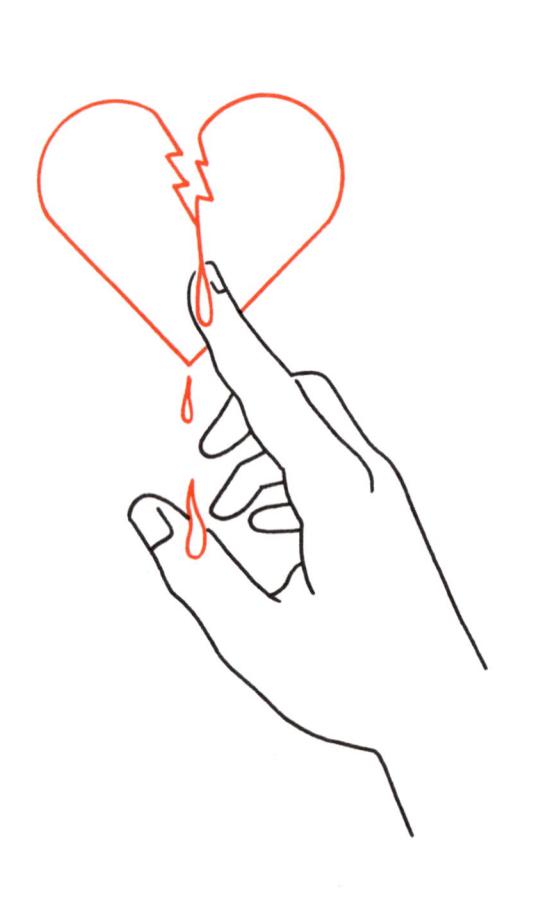

Uma ferida que não
é desinfetada infecciona.

Fica mais profunda.

Se espalha.

Feito um vírus debaixo da pele

que uma hora atinge o cérebro

e o sufoca.

A decepção amorosa é uma doença.

Um câncer
que já entrou no nosso corpo
esperando para dominá-lo.

Às vezes é uma inconveniência
que um curativo pode curar.

Nosso corpo tem a capacidade de
se adaptar para se manter vivo.

Às vezes é como se andássemos
por aí com um osso quebrado

sem deixar que o
coloquem no lugar.

E conseguimos
aguentar a dor.

Para se manter protegido,

o coração cria uma barricada.

Uma espada de dois gumes,

com a qual perfura a si mesmo

mais do que os inimigos
que deveria afastar.

Me perfurando.

Esse impulso profundo e persistente
de amá-lo não foi uma opção.

Foi uma necessidade

que me levou a desejar
uma pessoa

linda

mas problemática.

Um ser humano
emocionalmente indisponível

com um coração tão
cheio de medo.

Medo de se mostrar vulnerável

e de se expor.

Medo de alimentar a dor
que já começava a crescer.

Mas eu desejava uma euforia
apaixonada, empolgante.

Eu queria um amor assim com
tanto desespero

que estava disposta a me machucar para
encontrá-lo.

Eu queria amá-lo

e foi o que fiz.

Durante a rejeição

e as mulheres,

eu estava lá.

Fraca.

Continuei oferecendo meu coração a alguém
que não o queria.

Me humilhando entre as
páginas de um diário que eu preenchia com
palavras sobre ele.

Mas era amor.

Transbordando.

E por isso eu sempre voltava.

...A fé que eu botava na frase
"seu coração nunca o levará para o lado errado".

Então continuei amando

e me deixei cair.

Recebi de braços abertos a inevitável
decepção.

Aceitei que eu era mesmo
uma romântica incorrigível.

E quando disse a ele que o amava,
foi porque não conseguia mais
segurar.

Tínhamos vivido
tantos momentos

deitados lado a lado,

minha cabeça em seu peito,

meus olhos ardendo com lágrimas.

Eu queria desesperadamente
dizer "eu te amo",

mas tinha medo

de que isso o afastasse.

Até que aquele anseio
se tornou insuportável.

Naquela tarde chuvosa e cinza

eu andei desprotegida sob as
nuvens.

Segurei seu rosto em minhas mãos.

e disse aquelas palavras.

Palavras que pareceram feitas
especialmente para aquele momento.

E não importava se eu fosse
rejeitada.

Eram a pura verdade,

quer fossem correspondidas
quer não.

Chorei quando o ouvi dizendo
essas palavras pela primeira vez,

como uma confissão.

Algo que ele ainda não
aceitava de todo.

Algo que ele tinha medo de dizer
em voz alta porque então se

tornaria realidade

e ele nunca mais poderia voltar atrás.

*

Você não pode negar seu coração.

Ele não se deixa ignorar

e vai te dar uma surra
até você aceitar.

Através das minhas lágrimas e
ansiedades,

meu medo de nunca ganhar seu
amor,

chegamos ao mesmo lugar.

E acredito
que era meu destino amá-lo.

Dar amor a alguém que precisava
tanto de amor

e ao mesmo tempo o afastava com tanta força.

Eu não arredei o pé.

Me agarrei ainda mais

e atravessei
os muros.

E graças a Deus que o fiz.

Que sorte a minha amar
alguém tanto assim

e saber que posso oferecer
tanto a uma só pessoa.

Um homem que merece
ouvir "eu te amo" quantas
vezes essa frase passar
pela minha cabeça.

não me salve do que
quer que seja este universo
que permite que eu esteja
do outro lado do seu beijo.

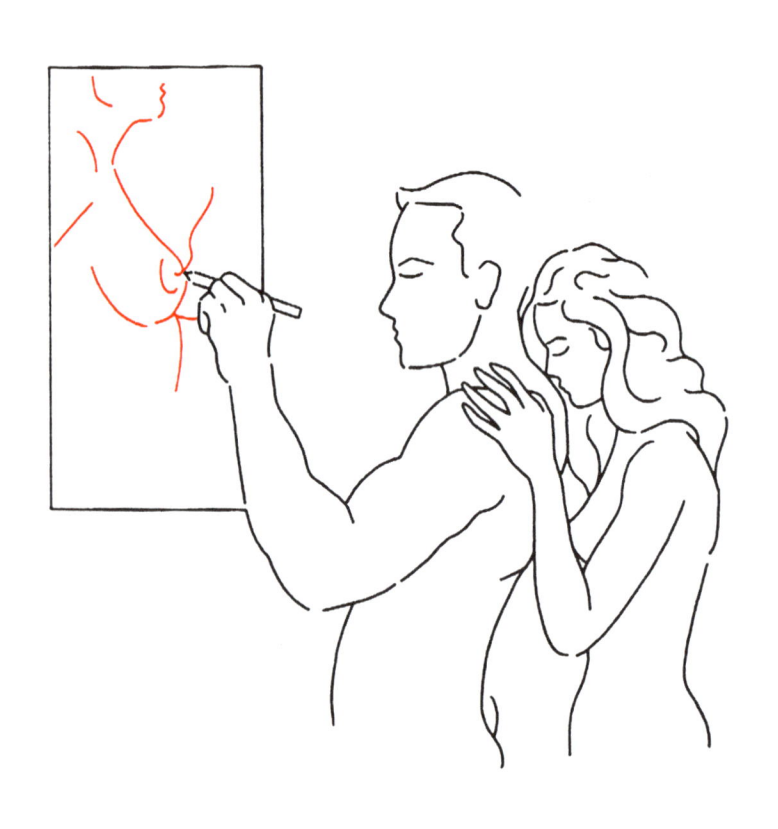

Errei em pensar que
o que tínhamos era especial

sendo que eu não era a única.

Não sei o que pensei
que isso me traria.

Eu deveria saber que
tudo o que você dizia não era
nada para você

mesmo sendo tudo para mim.

Eu nunca teria me envolvido
se soubesse que você pensava

e dizia

as mesmas palavras para outra pessoa.

Era um jogo que eu não tinha aceitado
jogar.

Eu nunca competiria
para ganhar sua atenção

ou seu amor.

E você tentou manter em segredo

como se eu não fosse capaz
de desvendá-lo.

Essa é a parte mais cruel.

Ter me feito pensar
que eu tinha errado

quando era você que só
girava a roleta
de suas opções.

Fui boba.

Sem saber
esperei que você
escolhesse entre mim

e outras mulheres
que tinham o mesmo
olhar encantado.

o silêncio
entre as minhas perguntas
e sua incapacidade
de respondê-las
é ensurdecedor.

e o travesseiro
que você coloca entre nós
antes de cair no sono
não passa despercebido.

como se já não houvesse
separação suficiente

e essa fosse a solução.

Parei de tirar
fotos do pôr do sol
há muito tempo.

Nunca consigo
capturar as nuances.

O mesmo se aplica
a você.

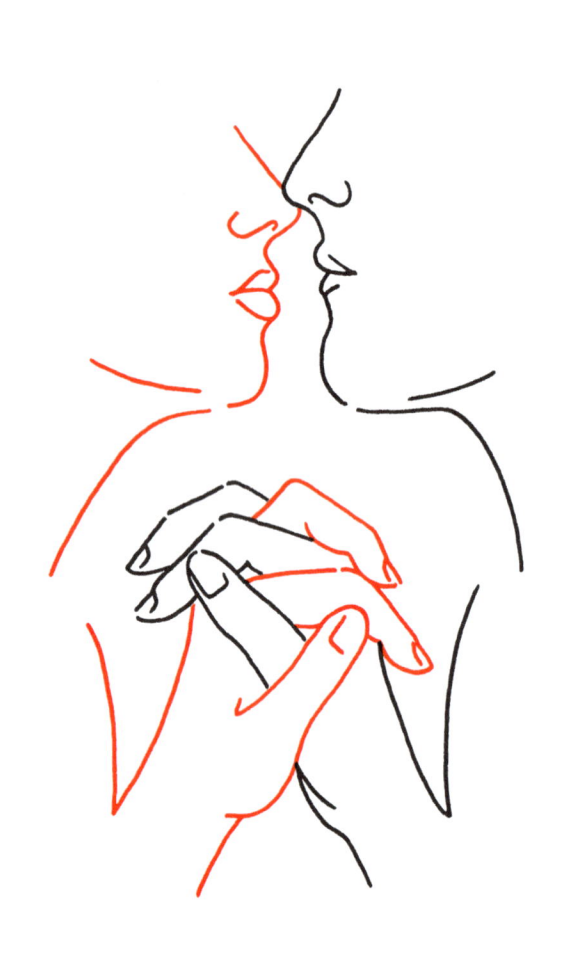

Ele disse "eu te amo"
de olhos fechados,

com a ponta do nariz
encostada na minha.

contra a luz do sol

com pequenas partículas flutuando
no ar ao redor de sua cabeça.

nossos dedos delicadamente entrelaçados.

Eu podia jurar que via o paraíso,

olhando aquele brilho
morno e claro atrás dele.

Foi uma sensação que acho
que não vou viver de novo,

não do jeito
que senti da primeira vez.

Mas ainda sinto aquele calor,

como um feixe de luz do sol
que alguém despejou em mim

que se move pelo meu corpo,

quando ouço você dizer estas palavras.

Eu te amo.

Sair de uma multidão

entrar em um quarto vazio

e de repente me esquecer do por que afinal fui para lá.

Imóvel

parada

revirando meu cérebro atrás de sinais

esperando que me digam o que fazer.

Do outro lado do rádio fora de sintonia.

Andando em círculos devagar

tentando fazer meu cérebro
se lembrar do comando.

Deixando meus olhos pousarem
em cada tecido no armário.

Olhando os cabelos arrepiados
no alto da minha cabeça no
espelho do banheiro.

Nada.

Nenhum sinal.

Esperando

ouvindo

e recebendo

chiado.

É assim que minha ansiedade iminente
se manifesta em minha rotina matinal.

Um novo dia deveria
ser uma tela vazia.

Um quarto branco para pintar
com infinitas cores.

Mas de repente sinto um aperto no peito
e minha mente começa a se desfazer.

Tem algo errado

mas não há motivo aparente.

Por que isso está acontecendo?

Do que não me lembro?

Essa sensação paralisante

que vem do centro
do meu peito

tenta alcançar
algo a que se segurar

e não há nada.

Um estado de inquietação continua

bem ali dentro

logo que acordo

sem nenhuma explicação.

Então volto a dormir

e espero que a resposta
venha quando eu acordar.

Neste sentido, acho
que nunca serei como você.

Sempre vou preferir o conhecido
ao desconhecido.

Prefiro o conforto do lençol limpo
ao passo em falso pelos velhos paralelepípedos
das ruas mal iluminadas.

Ou talvez não prefira.

Na verdade, não tenho como saber.

Queria poder mudar

e me permitir lutar
contra meu próprio comodismo.

Só me dê mais tempo.

Continue me enredando
nesses momentos

que eu prometo,

um dia,

não vou querer mais voltar.

Dizem que
tudo o que pensamos
já foi pensado antes

por outra pessoa.

Tudo o que você disse
já foi dito antes

por outra pessoa.

Eu tento ser poética.

Tento pensar em
palavras bonitas e
fazer com que tenham algum
sentido

para você.

Tento fazer com que soem
como se não tivessem
sido ditas antes.

Os livros de poesia da
biblioteca ficam lá como
uns pedantes do caralho

e dizem "você chegou tarde.
Já estamos aqui. Já ganhamos".

Alguma outra pessoa triste,

magoada

e romântica conseguiu
publicar suas palavras em
forma de um livro

que provavelmente vai acabar numa estante

juntando poeira por quarenta anos.

Mas não importa.

Eu quero que minhas palavras juntem poeira.

Porque, mesmo que ninguém as leia,

eu saberei que um dia cheguei lá.

Ou pelo menos antes de outra pessoa.

Grafite.

Outra maneira de humanos
dizerem "ganhei de você".

Feito cães que demarcam
território.

Com tanta terra e espaço
nunca descobertos,

por que acabamos todos
indo parar nos mesmos lugares?

Há momentos em que me lembro
que só tenho esta única vida.

Talvez você acredite em reencarnação,

mas, mesmo que seja o caso,

você volta
como um ser completamente diferente

numa vida completamente diferente.

Você sequer se lembraria dos
erros que cometeu quando era outra pessoa

então como poderia aprender com eles?

Uma sensação que parece
o contrário de um *déjà-vu*.

Não é que você já esteve no mesmo lugar,

mas que só estará
nesse lugar uma vez.

Você se torna extremamente consciente
do pouco tempo que tem.

Cada dia, mês ou ano que passa

pode parecer ter pouca importância.

Até que cinco anos se passam

e você toma consciência

de que estava esperando uma chance de aprender com seus erros

e a ignorou.

Você a perdeu.

E com certeza não a terá de novo,

pelo menos não nesta vida.

Se pudéssemos viver momentos como esses todos os dias,

nos quais nos lembramos pelo menos por um *segundo* que temos tão pouco tempo,

viveríamos de forma diferente?

Eu beberia mais.

Me esbaldaria nas noites mais loucas.

Ficaria acordada para ver o nascer do sol

e saberia as constelações de cor.

Cantaria em voz alta

sem nem pensar nos meus vizinhos.

Iria para casa todo fim de semana mesmo se
só houvesse voos com conexão.

Tiraria fotos lindas com a
câmera que comprei, mas quase nunca uso.

Contaria ao meu pai que na escola
eu sempre dizia que minha cor preferida
era amarelo

porque era a cor preferida dele...

e eu queria ser igual a ele.

Sei que não perderíamos
tanto tempo esperando.

Não esperaríamos que placas nos apontassem
a direção correta.

Só seguiríamos nossa intuição.

Queria viver desse jeito agora.

Porque meu maior medo
é acordar daqui a mais cinco anos

e perceber que desperdicei tanto

do tão pouco tempo que me resta.

a ponta do seu nariz
está fria

assim como suas bochechas
cor-de-rosa, congeladas.

Enfio as mãos
debaixo do seu gorro de lã
e cubro suas orelhas,

"estão frias, também".

você sorri
e solta um grunhido de brincadeira,
balançando a cabeça.

você encosta seu nariz
no meu

e por incrível que pareça

é a coisa mais quente
que senti o dia todo.

Meu voo sai muito cedo
e eu preciso me soltar
do seu abraço sonolento.

Você parece tão pequeno
e inocente,

todo enrolado no
lençol branco,

com seu pijama de velhinho
que eu amo.

Beijo seu rosto
algumas vezes
e me reabasteço
de você.

Boa viagem, amor.

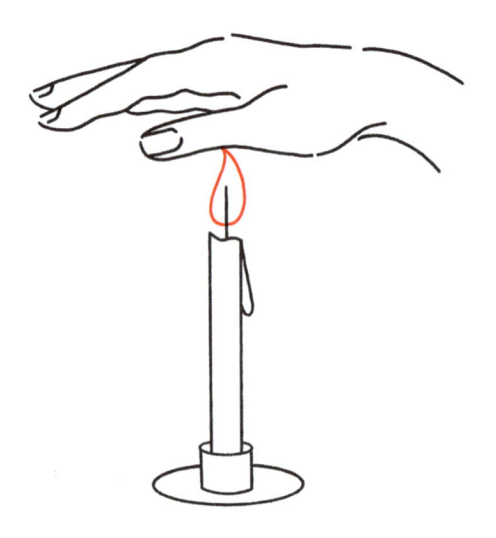

uma só chama
pode iluminar
uma casa.

você era assim, meu bem.

Mas pode queimar.

você também.

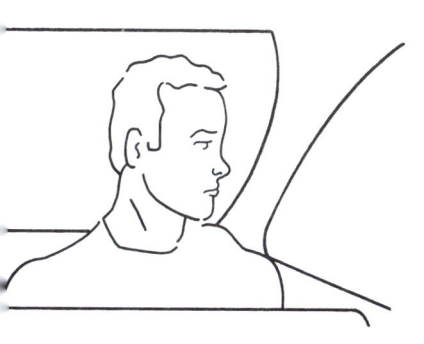

Não há nada
mais interessante
do que seja lá
o que há
na janela

quando estamos a sós
neste carro.

Silêncio.

O espaço
entre as palavras
é infinito

e seus olhos
parecem presos
a tudo
menos a mim.

As estações eram as mesmas havia anos.

E quando enfim coloquei o primeiro
vestido de verão

não me lembrava mais como era tomar sol.

Nós usamos as pessoas

quer sejamos capazes de admitir, quer não.

Usamos as pessoas por momentos

ou meses

ou anos.

É algo egoísta que fazemos.

Dizer a uma pessoa
que a amaremos para sempre.

Até que esse para sempre chegue ao fim,
seja lá depois de quanto tempo.

Não éramos capazes de cogitar um fim
enquanto estávamos juntos,

mas agora não imaginamos um mundo
em que continuar seja possível.

Nossos "para sempre" passam tão rápido

que quase perdem o significado.

Por isso não digo mais.

Basta falar "eu te amo"

e parar por aí.

Não estrago palavras que já são perfeitas com uma etiqueta.

Porque até o para sempre tem data de validade.

Sem eternidade.

Nem para sempre.

Só o hoje.

É assim que explico para alguém
que não consegue entender direito.

Falo com as mãos —
elas são a parte mais animada
de mim.

E uso meu corpo como mapa.

Esta sou eu.

Levanto a mão direita,
na horizontal, como uma professora
de canto faz enquanto explica
quando as notas dó, ré, mi e fá
e assim por diante.

Minha mão está alinhada aos meus ombros.

Esta sou eu.

No dia a dia.

No automático.
Até que firme. Complacente.
Pouca energia.

Aqui está você, eu digo.

Levanto a mão esquerda
para o meu queixo.

Aqui está você, todos os dias.

Quase sempre feliz.
Você não acha que está
"no automático".
Você pensa positivo.
É contente.

Às vezes somos iguais.
Um dia bom consegue deixar nós dois
desse jeito —

Levo as duas mãos ao topo da minha
cabeça, uma em cada têmpora.

Cada mão representa duas pessoas diferentes
alcançando o mesmo estado de espírito.

Eufóricas. Animadas. Cheias de energia. Rindo
tanto que a barriga dói.

É claro que consigo sentir essas coisas. É
mais difícil chegar lá, mas eu chego.

Só que depois voltar à realidade
será uma queda bem maior.

Ir daqui,
mão no alto da cabeça,

até aqui,

mão nos ombros.

Ir desta euforia,
esta animação, este êxtase...
a este estado mediano, mundano,
pode até nos deixar pior.

Levo a mão direita ao peito.

Me refiro a isso
como "fundo do poço".

Você pode descer da mesma forma
que eu, é claro,
assim como eu posso atingir seus picos.

Levo as duas mãos ao peito.

Não é nenhuma competição.

Sem dúvida nenhuma que alguém possa vencer.

Só estamos aqui.

Alguns de nós vivendo um pouco acima

ou um pouco abaixo

dos outros.

minha cabeça dá claustrofobia
encostada nessa pia.

meus ouvidos zunem dentro
da bacia de cerâmica azul.

lentamente esperando a água
inundar meus poros
e afogar esses rastros
de cor atrás dos meus olhos.

foco.

só por um instante.

depois um pulso de vibração contínua
de quando em quando.

a vaga sensação de estar girando
como uma ilusão de ótica que
nunca para.

partes do meu corpo virando em
direções contrárias,

como um carrossel.

respire.

lembre de piscar os olhos.

curve os cantos da boca

para cima.

levante o queixo.

não muito alto.

não deixe ninguém ver os seus
olhos vazios.

Quando minha mão se estende
em direção ao vazio,
gosto de pensar que em algum
outro universo
você junta sua palma
à minha

e me abraça suave
na brisa.

Acho que estamos com medo de falar.

Que talvez você e eu
não queiramos a mesma coisa.

Que no fundo somos duas
pessoas muito
diferentes.

Não cabemos nas caixas que criamos
um para o outro.

E nenhum de nós

está disposto a se curvar.

Tentei explicar à minha mãe
por que chorei hoje de manhã.

Sempre muda,
o motivo ou a situação.

Hoje, chamar o que eu sinto
de "depressão" não parece certo.

Não é a palavra correta.

Às vezes parece só tristeza,
como uma sombra escura
que imita meus movimentos.

Fico anestesiada
e sensível ao mesmo tempo.

Sem equilíbrio.
Sem nuances entre branco e preto.
Só preto.

Mas vasto,
tão vasto que você pode se perder
e esquecer que está
olhando para um vácuo.

O sol no meu rosto não é
morno nem leve.

É quente e queima.

Estou suando
e pinicando.

O toque dele não é aconchegante nem delicado.
É desagradável
e sufocante.

Quero ficar sozinha, sem ser incomodada.

E então me sinto culpada
por ser fria,
por não deixar entrar nenhum calor
de nenhuma dessas fontes externas.
Inocentes voluntários que eu
mando embora.

Parece que sou uma pessoa pequena e seca
dentro de uma casca... movida a velhos
vapores e reciclando antigos sorrisos.
Esperando que meus membros se alonguem
e voltem a preencher minha silhueta.

Será que você pode só ficar comigo?
Ficar satisfeito.
Deitar comigo por um bom tempo
sem se entediar
nem ficar inquieto.

Encontrar uma forma de estar presente nos momentos
sem um cenário bonito
ou uma paisagem que o distraia.

Será que você pode só ficar comigo?

Dizer "eu te amo" num momento que não seja um espetáculo,
só porque você quer,
sem deixar que uma rara cena fotogênica fale por você.

A vida não oferece um palco perfeito.
Você vai sentir falta dos momentos
que estavam bem na sua frente
porque não conseguiu ver quão especial
algo comum podia ser.

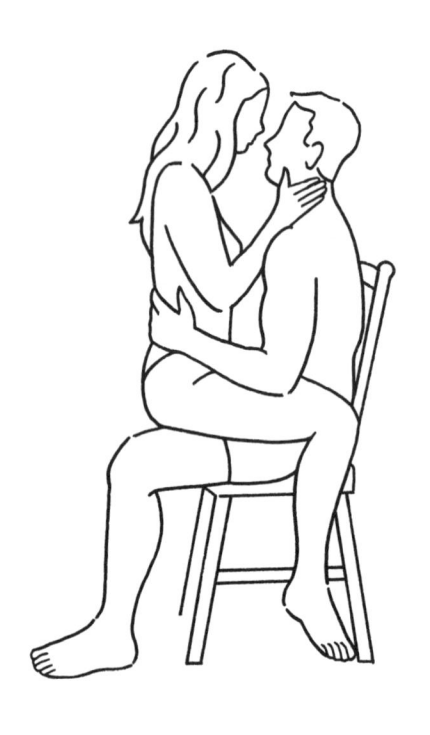

Ela é linda.

E as pernas dela
o agarram com
mais força

do que os braços dele
jamais se agarraram
a mim.

Tive dias de solidão

em que mal falava

porque não tinha ninguém
com quem falar.

O som da minha própria
voz me surpreendia,

me lembrava

que eu não era um fantasma
que pairava pela cidade

sem ninguém notar.

Eu estava presente,

mas silenciosamente desconectada.

E a voz na minha cabeça
ficando mais conhecida
do que os rostos
à minha volta.

Perdemos tanto tempo
esperando que as coisas melhorem.

Quase não prestamos atenção
nas horas que se esvaem.

As horas de que vamos sentir falta
no final...

Horas que gostaríamos
de ter valorizado.

A complacência sempre foi algo
que me assustou muito.

Sempre fui impaciente.

Na escola,
eu queria ter mais amigos.

Queria ser mais querida
e por mais pessoas.

Queria ser menos ansiosa
e mais sociável.

Eu queria ser igual
à minha melhor amiga.
Todos a reconheciam
no meio da multidão,
de tanto que
ela brilhava.

Eu queria ir para longe.
Eu queria ficar sozinha.

Pensando agora, parece
que passei minha adolescência
inteira esperando.

Sempre havia algo
a mais que eu queria.
E sempre estava
fora do meu alcance.

Eu sentia que não controlava
minha própria vida.

Minha ansiedade me guiava
na direção que ela quisesse,

mesmo que eu estivesse infeliz
ou de quantas vezes rezasse
para melhorar.

Mas depois de um tempo melhorou.

Quando peguei minha vida
de volta e a guiei
em direção ao
meu futuro.

Não é que eu não
tenha escorregado às vezes,

mas isso só me encorajou
a lutar ainda mais

e a nunca me contentar
com menos do que o que eu
queria.

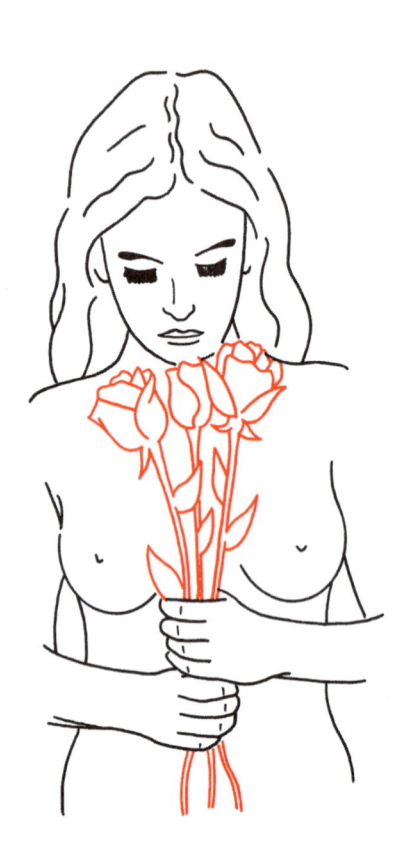

Quando jogamos fora nossos
velhos buquês de flores,

não nos arrependemos de os
termos comprado.

Vivemos sabendo que
existe uma data de validade.

Não deixamos que isso nos impeça
de aceitar a beleza que
reside nas pequenas doses.

Nada é desperdiçado.

A beleza das coisas
não deixa de existir só
porque elas chegaram ao fim.

Eu estava tentando dormir.

Conseguia ver o sol
através dos olhos fechados,
incidindo no travesseiro ao meu lado.

A voz da cidade lá fora

misturada ao ruído branco
do meu quarto.

A quietude de tudo.

Eu me lembrei de um
momento qualquer

de similar quietude
de uma fase mais jovem.

O barulho lá fora me conectou a
uma versão anterior de mim mesma.

E de repente senti a gravidade
do meu ser.

De repente tive consciência do
tanto que absorvemos

ou melhor,

do pouco de nossas vidas
de que de fato nos lembramos...

e dos muitos pequenos momentos
que perdemos com o tempo.

Estamos aqui
a cada minuto, a cada hora.

E ainda assim só nos lembramos
de fragmentos das nossas vidas.

Não sei por que essa sensação
em especial deixou meu coração apertado.

Mas encontrei conforto em saber que
consigo encontrar essa conexão
comigo mesma,

um lembrete da minha própria gravidade,
mesmo quando não estou procurando por ela.

Não sei se acredito em meditação.

Acho que é meio balela
mas talvez isso seja
porque nunca consegui.

Como é que alguém consegue desligar
a própria mente e só existir?

Como encontrar um momento de silêncio
dentro de nós mesmos?
Ainda mais nesta cidade barulhenta.

Tento imaginar que minha mente
está vazia.
Folhas voando.
Paredes brancas.
Sem turbilhão de emoções
nem coração acelerado.

Mas ainda vejo lampejos de pensamentos,
como luzes que se acendem e se apagam.
Ansiedades, que logo tento
tirar de perto de mim
só para vê-las ressurgindo
poucos segundos depois.

Não consigo deixar de lado
essa consciência aguda
nem pisar firme nesse
terreno pacífico.

As pessoas que defendem
a meditação como forma de
combater essa maratona de
ideias só podem estar mentindo.
Ou a cabeça delas foi construída
de uma forma radicalmente diferente
da minha.

Quem tem a minha cabeça
precisa de papel e caneta
para deixar os pensamentos saírem,
senão eles ficam quicando
pelo meu cérebro
sem freio e sem
rumo.

Muitos deles são
irracionais,
como costumam ser as ansiedades.

Projetando emoções que eu penso
que talvez sinta.
Com pavor de coisas que
que talvez nunca se
realizem.
Me preocupando
com hipóteses que são
mais ficção do que realidade.

Quem sabe um dia
eu encontre *algum lugar* silencioso
o suficiente para abafar o
ruído tão alto
que só eu ouço.

Ou encontre *alguém*
que me ajude a desligar
minha mente.
Ninar minha ansiedade
e a colocar
para
dormir.

Não sei por que vim
para este lugar sozinha.

Sinto que aos poucos
vou ficando bêbada.

O álcool tenta cair bem,
mas meu estômago queima.

Eu nem bebo,

só comecei por sua causa.

Pedi seu prato preferido.

Não sei por quê.

Talvez para te conjurar,
para sentir que você está
aqui comigo.

Mas a comida intocada
é uma coisa ridícula.

Ou talvez seja eu.

Estou confundindo as coisas.

Talvez eu só esteja triste e bêbada.

Parecem ser exatamente
a mesma coisa.

Talvez cada garrafa
atrás da cabeça do bartender
represente alguma outra
pessoa triste do mundo
tentando conjurar alguém

ou algo.

Mas o prato continua intocado.

Um desperdício.

Nós dois.

4h.

Construí um muro ao meu redor

à medida que nossa conversa se descontrolava

e minha esperança desaparecia.

Me enrolei num
cobertor

como se fosse um escudo

e senti os blocos de concreto
do muro recém-construído
ao meu redor se firmarem.

Dormi na beira da cama,

bem longe do estranho do
outro lado.

Estou sendo virada do avesso,

obrigada a raspar o fundo
do tacho para conseguir te dar
mais de mim.

Mas o que acontece quando você
já tiver tudo?

E ainda quiser mais.

Então o que eu faço?

E quanto tempo vai levar
até eu me perder?

quando você endureceu assim?

usando agressividade em vez de amor.

você sempre foi forte

mas agora é diferente.

isso é sobrevivência.

é o que acontece depois que uma pessoa é
demolida e se reconstrói do zero,
transformando destroços em
tijolos.

quem te ensinou a lutar assim?

quem levou sua doçura embora?

É triste deixar
lugares como este para trás.

É como se eu tivesse enterrado
partes de mim aqui,

bem guardadas na areia.

Este pequeno momento
está acabando,

e nunca mais o terei de volta.

Já tenho sorte de pelo menos
tê-lo vivido.

É um final triste e feliz

quando você se lembra de que
o tempo não se repete.

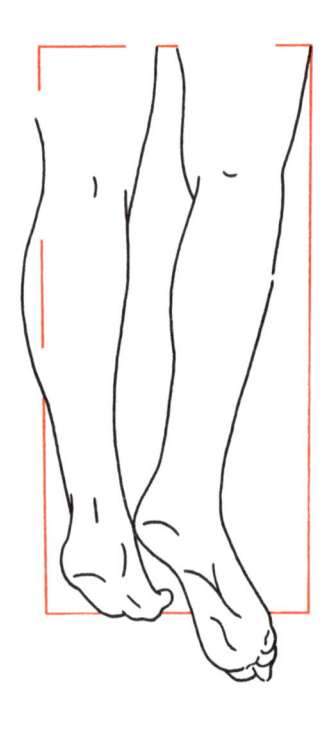

Na vida há capítulos finitos
que só ocorrem uma vez.

Os detalhes desses últimos
dias só uma vez são vividos.

É isso que os torna
tão bonitos, imagino.

A empolgação de chegar
sabendo que novas experiências
nos aguardam.

E depois uma despedida melancólica,
sabendo que o tempo das primeiras vezes acabou.

Então um brinde às chances
de deixarmos nossa marca

e uma trilha de pegadas
atrás de nós quando
seguimos em frente.

Quero colocar aquela foto
nossa num porta-retrato,

aquela com suas mãos

em volta da minha cintura.

como se fôssemos duas estatuetas
dançantes

esculpidas em uma só.

Deixei de ouvir
o barulho da chuva

e tudo que senti foi o ar
que sai da sua boca

feito brisa quente de verão
na minha nuca.

Sempre vou
achar estranho

ver o rosto corado
das pessoas que o
encontram.

Sempre reparo que estão
com as mãos trêmulas,

tímidas demais
até para o olhar nos olhos.

Eu não julgo.

Ele é lindo.

E eu digo isso a ele,

sempre,

mesmo que ele não goste.

"Você é tão lindo",

e ele faz cara feia
e depois sorri do jeito
que as pessoas sorriem quando
não lidam bem com
elogios.

Com milhões de
admiradores

era de se esperar que fosse
difícil ficar só comigo.

Se você pudesse ter
qualquer pessoa no mundo,

por que se contentaria
com só uma?

Mas as coisas não são assim.

É raro encontrar alguém
que consiga ver além
do mar de gente que
te segue por todo lado
e se apega a cada palavra
sua.

Sei como é raro
conhecê-lo,

conhecê-lo de verdade.

E quando dá as costas
a eles,
não importa quanto tempo leva,

ele põe a mão na minha.

Voltamos a ser só nós dois

e eu o conheço melhor
do que qualquer um no mundo inteiro.

Você é o prêmio
ao qual eu tive direito
depois de muitas vidas
de bom comportamento.

ele adormece sussurrando
palavras de amor no meu ouvido.

se as palavras dele deixassem rastro,
não haveria mais espaço em mim.

de todos os elementos

eu diria que sou a neve.

derretendo sob o impacto

do seu calor.

Consigo ouvir as
teclas do piano da
música instrumental
que eu amo

quando você me olha

com seus olhos doces.

O sol saiu para nós dois

aquele dia.

Depois que andamos pela trilha

elevada sobre o lago congelado.

Meus pés afundaram na neve

e eu dei risada.

Perdendo o equilíbrio na

altitude elevada

com os dedos descobertos formigando

de tanto frio.

Naquele dia não me senti bonita,

tropeçando diante da sua lente.

Mas você me registra em momentos

aos quais eu nunca tinha dado atenção.

Eu me vejo pelos seus olhos.

Bochecha vermelha e cabelo bagunçado

que vivo tirando do rosto.

E a luz

do sol

que saiu só para nós dois.

você era uma rosa
sem espinhos.

um caule reto
com pontas lisas.

pétalas envenenadas eram
o que você escondia de mim,

em vez de impedir
que meus dedos sangrassem.

Ultimamente acordo tão fácil
quando estou dormindo.

Meu corpo reage com violência
ao despertar, como se essa nunca
fosse sua intenção.

É como aquele pesadelo em que caio

caio

caio

e acordo procurando o ar
antes de atingir o chão

e perceber que estou fora de perigo.

Mas talvez só esteja fora de perigo
nos meus sonhos

e a verdadeira queda
começa quando acordo.

como você atende o
pedido de socorro do seu corpo?

como você abafa o
som da sua voz?

que sai de um copo, meio cheio,

enrolado em papel grosso

ou em linhas perfeitamente paralelas.

como você se automedica?

como você ressuscita
seu pulso enfraquecido?

sem roupa contra
o vento frio,

os pulmões num grito.

ou com as mãos ao alto
em algum carro veloz,

o borrão das luzes vermelhas
tingindo sua pele.

a insatisfação
se torna inescapável
quando estou cercada
por todas essas pessoas.

será que sempre fui
infeliz?

ou é só agora?

de repente,

como se eu devesse ter notado
antes.

e me pergunto por que
nunca percebi a longa
linha do incômodo.

um fio que estava ali

desde sempre

embaixo

enfim se desenrolando.

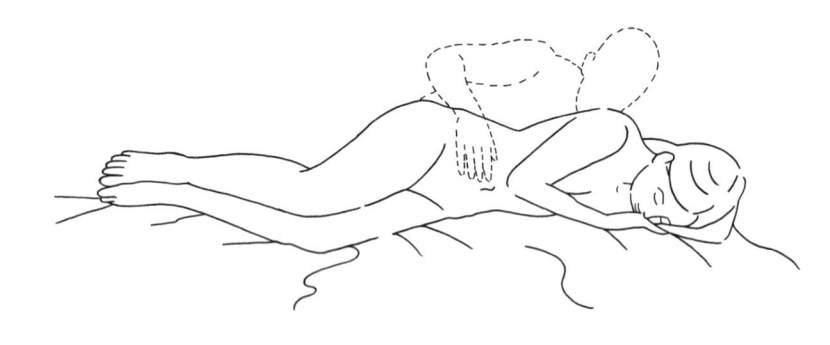

sinto o fantasma da sua mão
na minha cintura.

tenho que me segurar
para não me virar

e confrontar
seu fantasma

e o peso de
sentir sua falta.

sinto sua respiração no
meu rosto.

de olhos fechados levanto a
cabeça em sua direção

na expectativa de ver seu
rosto adormecido.

mas quando abro os olhos,

o ar-condicionado que sai
dos canos empoeirados

é o único fôlego
que me alcança.

por um tempo acreditei que você
tinha sido um passo em falso.

até que meus pés se
acostumaram a andar
pelas frestas

e me vi adaptada
às reentrâncias do seu
cimento desgastado.

e eu caio,

como um anjo renegado
que foi condenado

a voltar aos seus braços.

nada se compara ao
vazio que sinto

quando de novo me dou
conta de que não posso
te fazer feliz.

e que nem tudo
o que tenho
te deixaria satisfeito.

Vendo de fora

é difícil imaginar por que
alguém resolveria ficar.

Como é que ela sobrevive
depois de ser dobrada em tantas
direções?

Ela não se curva assim.

Mas ela se curvará, sim.

Por ele.

de costas
uma para a outra

ela quase pode passar por você.

eu fico pensando que ela é.

quando se mexe sob o lençol
ela soa igual.

no escuro,

não consigo mais ver quem se mexe...

eu ou ela.

só sei que

não é você.
e ela nunca será.

Nunca fiquei
claustrofóbica em
multidões até que fui
obrigada a estar nelas.

Eu me sentia
parte do grupo
das pessoas comuns.

Agora eu sinto que sou
uma pedra no riacho,

da qual tudo
dá um jeito
de desviar.

Estou inerte

e imóvel.

Presa.

Enquanto todo mundo
vive livre.

me deixa ser este poema,

este papel
despretensioso na sua mesa.

o guardanapo do seu café logo de manhã,

para roçar de leve na sua boca.

É um privilégio conhecer você
de um jeito que ninguém mais conhece.

Ser a pessoa que vê por inteiro
quem você é no íntimo.

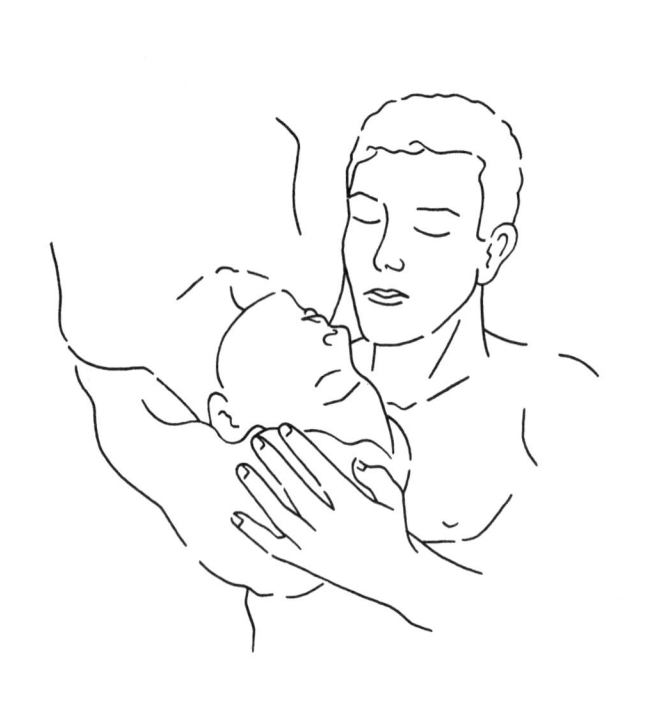

use o meu colo
para descansar sua cabeça

eu juro que nunca mais me mexo.

Querem que eu seja
a garota pioneira.

Aquela que abriu caminho
para as outras seguirem

e aprenderem a ser felizes,

a lutar quando
os membros fraquejarem.

Às vezes eu me sinto uma fraude.

Mas, por outro lado,
eu nunca disse que era feliz.

Nunca anunciei que havia cura.

Eu só disse ao mundo
o que sinto,

e não como superar.

Parece desonesto
ganhar os parabéns

só por dizer a verdade.

Cuide das pessoas
que você ama

sem esperar
uma recompensa

por ser uma pessoa
generosa e carinhosa.

Senão você vai acabar
morando numa casa
grande e linda

sozinha.

Sem lar e sem saber.

É estranho ver o mundo
seguindo em frente

quando a vida leva alguém
que amamos.

O pequeno espaço à nossa
volta fica estagnado,

congelado num momento

de perda

e choque.

Mas as pessoas que passam
seguem em seu
ritmo de sempre.

Será que não sentiram a terra
tremer? Ou ceder?

Conseguem ouvir os pensamentos
que gritam no meu cérebro?

Seu nome.

Seu rosto.

Memórias.

Lampejos.

De alguém.

Alguém que se foi.

Sempre esperamos que a terra
não se mova...

que o universo fique de luto
pelas pessoas queridas que perdemos
e por nós.

Mas ela continua se movendo.

Talvez seja um sinal de que devemos
fazer o mesmo.

O movimento dos desconhecidos,
como uma onda, nos levando
consigo.

Então seguimos a correnteza
da passagem dos outros,

pegando embalo em sua energia
e preservando a nossa.

Porque é muito difícil oferecer
qualquer coisa agora,

para quem quer que seja.

A não ser para essa pessoa,

aquela que perdemos.

E rezamos para que ela esteja
avançando em silêncio
logo à nossa frente,

nos guiando em meio às
ondas quando não
pudermos nadar.

O amor é a única coisa
que podemos oferecer uns aos outros a essa altura.

Então ame pra caralho.
Sempre.

Agradecimentos

Antes de mais nada, quero agradecer à minha família linda: Chloe, Tess, Amy e Dan. Tenho pais que me apoiam em tudo que faço e irmãs que torcem por mim.

Também agradeço aos meus avós, Rodney e Corinne, William e Madeline.

E, claro, eu não teria escrito este livro sem os fãs que encontrei pelo caminho. Que sorte a minha poder receber todo o apoio e o carinho de vocês.

À minha querida Delilah, por ter sido uma fonte de luz tão grande na minha vida.

Agradeço a Danie Streisand e Dara Gordon, por serem a dupla poderosa de agente e empresária que vocês formam. Agradeço a toda a minha equipe: Michael Mahan, Jodi Gottlieb e Meredith Miller.

Agradeço à minha equipe na St. Martin's Publishing Group e à Sarah Cantin, minha editora, que acreditou em mim desde os primeiros manuscritos deste livro. Você levou minha escrita a sério e me ajudou a escrever a melhor versão possível de *Nado Livre*. Sou extremamente grata pela confiança que você depositou em mim.

Agradeço aos meus amigos próximos e aos amores da minha vida. Vocês sabem quem são.

Este livro, composto na fonte Minion Pro,
foi impresso em papel Offset 90g na gráfica BMF.
São Paulo, setembro de 2020.